U0624201

第二辑 安心小语

广普 著

中国社会出版社
国家一级出版社·全国百佳图书出版单位

○ ○ ○

每个当下都具足现在与未来，
每个当下都在创造未来。

○ ○ ○

○ ○ ○

尊重每个有机体的位置，

只在属于自己的位置里运作，

是一种对界限的尊重。

○ ○ ○

○ ○ ○

"不恶口"的标准是我们和他人交流时，
我们的语音、语调、态度，
甚至表情是否出于善意。

○ ○ ○

安心小语
（第二辑）

○ ○ ○

通过讲别人是非来自我标榜，
通过挑拨离间来提升自己，
就叫"两舌"。

○ ○ ○

○ ○ ○

通过语言的修饰来掩饰自己的内心，
就是"绮语"。

○ ○ ○

○ ○ ○

嗔：生气；

恚：怨气。

不嗔恚就是愿意面对事情，

不生气、不埋怨。

○ ○ ○

○ ○ ○

爱自己，

意味着用心地、友好地和自己在一起。

○ ○ ○

○ ○ ○

护生，守护生命。

生命来自每一个过往的经历，

换个角度看待自己、

解读自己，

找到每个经历中成长的资源，

就是"护生"。

○ ○ ○

○ ○ ○

爱自己，

意味着要把心带到自己的生活中，

用心感受自己。

○ ○ ○

∘ ∘ ∘

无论是爱情还是婚姻,
关系的破裂总是从要求
开始。

∘ ∘ ∘

○ ○ ○

在痛苦中是无法爱自己的，
只有从痛苦中解脱出来，
爱才能回来。

○ ○ ○

○ ○ ○

什么是富有？
能够无所求的付出就是富有，
有多无条件的付出就有多富有。

○ ○ ○

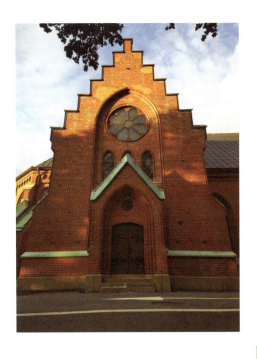

○ ○ ○

人是需要不断学习的，
没学习不成长！
年迈的标志就是，
仅仅以过去的经验来过日子。

○ ○ ○

○ ○ ○

欲望不是生命的敌人，
虚伪才是。
有欲望不可怕，
可怕的是迷失在欲望里。
正视自己的欲望，
可以帮助自己成长。

○ ○ ○

○ ○ ○

外在的苦不可怕，

内在的苦才可怕！

穿越内在的苦，

不为自己制造内在的苦，

识苦方能离苦。

○ ○ ○

○ ○ ○

沟通不是单向地让对方听你的，
而是让你听到对方的心声，
看见彼此。

○ ○ ○

○ ○ ○

正见是对人生正确的见解。

○ ○ ○

○ ○ ○

当我们转念并付诸行动时，

改变就会发生。

○ ○ ○

○ ○ ○

正思维就是善解。

正确地解读当下，

不要用评判和想象解读对方的反应。

○ ○ ○

○ ○ ○

正语是我们可以如实地表达，
当下看到的、听到的、感受到的，
而不是用情绪来表达。

○ ○ ○

○ ○ ○

自己成为自己喜欢的人，
才能让他人喜欢你，
自己尊敬自己，
才能让他人尊敬你。

○ ○ ○

○ ○ ○

情绪

是我们的身心交互作用

所产生的结果。

○ ○ ○

○ ○ ○

因为有情绪，

我们才是生物学上的"人"。

我们有情绪是必然的，

有情绪不可怕，

可怕的是我们被情绪带着走。

○ ○ ○

○ ○ ○

当我们在路上遇到一个骂自己的人，
如果我们能够意识到这个人原本就是个疯子，
我们就不会有愤怒。
但如果是自己熟悉的亲人，
我们就会出现委屈、绝望等情绪。
我们的心对事情的解读方式不同，
我们的情绪也会完全不同。

○ ○ ○

○ ○ ○

如果一件事会让我们起情绪，

说明这件事是我们特别关注的事情。

○ ○ ○

○ ○ ○

有情绪不可怕，可怕的是假装没有情绪，

可怕的是隐藏起这个情绪，

当情绪不断地被压制在身体里，

最终会以百倍千倍的力量爆发。

○ ○ ○

○ ○ ○

当我们无法在合适的时空释放情绪的时候，
我们可以选择先停止这个情绪。
深呼吸，
告诉自己我知道有这个情绪。

○ ○ ○

○ ○ ○

我们要明白，我们是自己身心的主人。

○ ○ ○

○ ○ ○

原来的情绪只是一个果，
当这个情绪慢慢地不断轮回的时候，
这个情绪就成为一个因。

○ ○ ○

o o o

当我们的幸福是由别人给我们的，
那么我们的幸福就是建立在镜花水月之中。
这个世界最可靠的是自己，
世界所有事物都是会变化的，
当我们假装看不见变化，
把幸福建立在别人手上，
那么别人消失之后，
幸福就不见了。

o o o

○ ○ ○

把自己生命的过往当成一种恩典，

成为自己拥抱幸福的能力，

我们就能够有力量去面对这个世界。

○ ○ ○

○ ○ ○

我们看到自己价值的时候，

就可以欣然地去拥抱幸福，

因为我们拥有了自己丰富的心灵财富。

○ ○ ○

○ ○ ○

我们可以通过呼吸和自己在一起。

无论发生什么，

只要你记得呼吸，

呼吸的当下就和自己在一起。

○ ○ ○

○ ○ ○

能够很好地和自己相处的人，
也就能够拥有一份拥抱幸福的
能力。

○ ○ ○

○ ○ ○

如果我们对自己都不了解，

我们又如何能够真正地爱自己。

○ ○ ○

○ ○ ○

越想忘记就越会记起，
压制的力量有多大，
反弹的能力就有多强，
与其封存记忆，
不如重新用善解的方式去解读
那个过往。

○ ○ ○

○ ○ ○

每个人都会有属于自己的苦痛，
那个伤痛是真实存在的，
我们只有看到这份苦痛的背后，
才能看到我们得到的转换。

○ ○ ○

○ ○ ○

拥有感受爱的能力，
拥有拥抱幸福的能力，
生命成长的过往都会成为自己的财富。

○ ○ ○

○ ○ ○

我们有能力为自己负责，
是我们愿意为自己的想法负责，
我们能决定自己的想法去向哪里，
我们就能拿回拥抱幸福的能力。

○ ○ ○

○ ○ ○

没有一个人可以独立存在于这个世界，
至少我们需要阳光、水、空气。

○ ○ ○

○ ○ ○

我们在各种各样的拓展中找到自己，

如实面对每一个当下，

生命中各种互补的力量就会出现。

○ ○ ○

○ ○ ○

一个认识到自己的人，

一个能够和自己在一起的人，

本身就是一束光。

○ ○ ○

安心小语
（第二辑）

○ ○ ○

现实生活中我们与财富的关系就如同
我们和父母的关系一样，
因为我们的财富力来自我们对待父母
的方式。

○ ○ ○

○ ○ ○

专注力在哪里，

能量就在哪里。

○ ○ ○

○　○　○

我们时常把对自己父母的要求
投射在自己的爱人身上。

○　○　○

○ ○ ○

转换自己对过去苦难的解读方式
就可以和自己在一起。

○ ○ ○

○ ○ ○

不要让同样的情绪
变成生命中的程序，
而是从情绪中认识自己。

○ ○ ○

○ ○ ○

当我们可以从身边的人开始，
愿意带着祝福与爱和他人在一起，
我们才开始拥有幸福的能力。

○ ○ ○

○ ○ ○

付出什么就能得到什么并不是一比一的对等交换，
财富不仅仅是金钱的财富，
还有生命中的各种财富。

○ ○ ○

○ ○ ○

珍惜不是口号，

是在相处的每个当下用心感受彼此，

是肩并肩望向同一个方向。

○ ○ ○

○ ○ ○

珍惜不是形式，
但需要用形式来表达，
随时看到对方的付出及时表达感恩
是珍惜的最高形式之一。

○ ○ ○

○ ○ ○

改变思维方式，
改变陈习，
就能改变命运。

○ ○ ○

○ ○ ○

在生命历程里不去计较自己没有的，
只看自己有的并感恩于这个拥有，
就会创造更多的可能性。

○ ○ ○

安心小语
（第二辑）

○ ○ ○

我们在家庭中的价值是平等的，

我们在家庭的位置（秩序）是不同的，

在我们的身体当中，

每个细胞是平等的，

每个脏器的位置不同，

不代表我们（脏器）的高低贵贱。

○ ○ ○

○ ○ ○

不攻击自己，

像最好的朋友一样，

关怀有各种情绪的自己，

继续成长，

靠近想要成为的自己，

就是爱自己了。

○ ○ ○

○ ○ ○

爱是要有界限的，

没有界限的爱不是真爱，

那个界限是建立在彼此尊重之上。

○ ○ ○

○ ○ ○

让我们开始有觉知地说话，
知道自己真正的意识是什么，
所讲的这句话
是不是回应了对方的需求，
是不是回应了对方的情绪。

○ ○ ○

○ ○ ○

爱最重要的表达方式就是服务与陪伴。

○ ○ ○

○ ○ ○

我们改变不了过去，
我们要拿回自己的力量而不纠缠于过去，
立足当下我们能做的事情。

○ ○ ○

○ ○ ○

真正的忏悔是什么?
忏是我意识到这件事情的伤害,
悔是我发愿不再重复这样的伤害。

○ ○ ○

○ ○ ○

当一个人心里充满感恩，
念念向善，
想着如何利益别人，
他就是一个有价值的人。

○ ○ ○

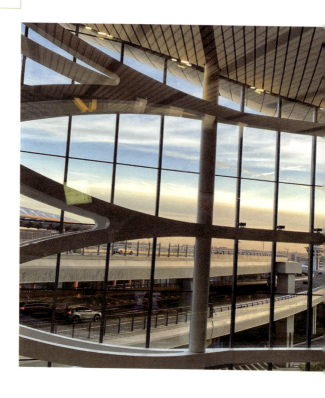

○ ○ ○

你利益的人多，

你的威德就大，

你的人生价值也就越大。

○ ○ ○

○ ○ ○

和过去告别，

不代表要葬送过去。

每一个过去无法被葬送，

但需要说再见。

○ ○ ○

○ ○ ○

爱不是攀比，
不是索讨，
不是通过教训得来的，
爱是支持、是肯定、是鼓励。

○ ○ ○

○ ○ ○

爱的繁体字，

就是要用你的心看到对方。

心是很重要的。

○ ○ ○

○ ○ ○

我们先驾驭自己习性当中对自己的不确定，

驾驭自己心念的野马，

有觉知地说话，

放下那个脱口而出的习惯，

放下外界什么都是针对自己的想象，

就打开了一扇和煦春风之窗。

○ ○ ○

○ ○ ○

如果生命是一辆车，
心灵是司机，
那么，
司机决定了车子要去哪里，
心灵决定了生命要去往何处。

○ ○ ○

○ ○ ○

不劳而获的财富最后都会失踪的。

○ ○ ○

○ ○ ○

一个人的人生价值来自个人的品德，
而不是可见的物质财富。

○ ○ ○

○ ○ ○

匮乏感少了，

妒忌也就少了。

"匮"字怎么写?

当我们把"贵"藏起来，

我们就匮乏，

其实我们的内在就藏着"贵"。

"匮"字中藏着"贵"，

当我们看到了其中的珍贵、富贵、宝贵，

我们就成长了。

○ ○ ○

○ ○ ○

所有关乎生命的学习和成长，
都是从自我开始。

○ ○ ○

○ ○ ○

如果没有觉知地听，

就如鹦鹉学舌一样，

对自己的人生毫无意义。

○ ○ ○

○ ○ ○

让自己生命有价值，
就不再匮乏。
如果只是让自己的生命活出价格，
你将永远在匮乏当中。
你越成就他人，
你的生命就越有价值。

○ ○ ○

○ ○ ○

每一个不放下都是自我折磨。

○ ○ ○

○ ○ ○

如果你没办法离开情绪现场，
你可以深呼吸和大地连接，
一点一点地拿回自己的力量，
让自己脱离情绪的控制。

○ ○ ○

○ ○ ○

长辈照顾我们不是理所当然的，

长辈照顾我们是恩典，

不照顾才是应该。

哪怕生小孩坐月子，

那也是夫妻自己的事，

而不是长辈理所当然要来照顾的。

○ ○ ○

—— 安心小语 ——
（第二辑）

○ ○ ○

发出祝福的心念，
时刻存好心，
祝福他人好，
放下自己的比较，
放下自己的计较，
我们就会越来越好。

○ ○ ○

○ ○ ○

我们可以把美好带给别人，
更重要的是先带给家人。
我们很多人把自己培养成欺负家人的人，
而不是守护家人的人。
爱家人请守护家人。

○ ○ ○

○ ○ ○

我们要做守护家人的人，
守护一份爱，
守护一份支持，
守护一份美好。

○ ○ ○

○ ○ ○

我们经历情绪，
但不成为情绪。

○ ○ ○

○ ○ ○

我们现在所经历的一切，
都是由我们的过去积累而成，
我们的未来都是由现在成就的。

○ ○ ○

○ ○ ○

我们如何解读我们的过往，
就会如何成就我们的未来。

○ ○ ○

○ ○ ○

所有的亲子问题，

都是来自我们大人自己的问题。

○ ○ ○

○ ○ ○

最伟大的爱是放手、是成就。

○ ○ ○

○ ○ ○

示弱与认错是尊贵的表现。

○ ○ ○

○ ○ ○

感恩是时刻感动在恩典里。

○ ○ ○

○ ○ ○

安全感不是别人给我们的，
我们要自己给自己安全感。

○ ○ ○

—— 安心小语 ——
（第二辑）

○ ○ ○

世界上所有的懒小孩都是被爸妈
嫌弃出来的。

○ ○ ○

○ ○ ○

人可以犯错，

但不可为自己所犯的错推卸责任。

只要是人都会犯错，

只要积极悔改，

我们还是人，

当我们推卸责任，

我们枉为人。

○ ○ ○

○ ○ ○

我们要做家庭的支持者、鼓励者，
要做家庭的点赞大师。

○ ○ ○

○ ○ ○

凡是你失去的，
都是你不需要的。

○ ○ ○

○ ○ ○

爱得越深，

就要放得越彻底，

那就是父母对孩子的爱，

背后要有很深的信任，

我们相信孩子可以拿回为自己负责的能力。

○ ○ ○

○ ○ ○

只要是人，
都有表达自己生命的权利，
这个权利建立在不自我伤害，
不伤害他人的基础上。

○ ○ ○

○ ○ ○

当我们接纳自我，

我们就能超越自我。

○ ○ ○

○ ○ ○

面对问题的抗拒力有多大，

反弹力就有多大。

○ ○ ○

○ ○ ○

所有问题的发生都是帮助我们超越自己，
每个问题的背后都有一份礼物，
解决它，
感恩它，
放下它。

○ ○ ○

○ ○ ○

唯有主动付出关怀，

才能了解自己拥有的幸福。

○ ○ ○

○ ○ ○

沉溺痛苦也是一种逃避。

○ ○ ○

—— 安心小语 ——
（第二辑）

○ ○ ○

不是陷在情绪的自责里，
而是拥抱犯错的自己。

○ ○ ○

○ ○ ○

修行，

不仅仅是修正行为，

而是停止错误。

○ ○ ○

○ ○ ○

当我们放下对自己的指责时，

爱就回来了，

关注力就回来了。

○ ○ ○

○ ○ ○

健康地活着才有未来。

○ ○ ○

○ ○ ○

我们都喜欢用生病作为
最好的借口和武器。

○ ○ ○

○ ○ ○

我们大多数人不是没有爱，
而是没有感知到爱，
没有感知到幸福，
感受爱、感受幸福是一种能力。

○ ○ ○

○ ○ ○

我们总是在失去健康时，
才想要健康。

○ ○ ○

○ ○ ○

在关系中，
任何指控只会让爱远离。

○ ○ ○

○ ○ ○

对任何一个人的埋怨，
都是对爱的透支。

○ ○ ○

○ ○ ○

所有的爱都建立在实事求是当中，

任何堆积在谎言上的爱，

都会撕裂，

最终破碎。

○ ○ ○

○ ○ ○

我们任何人在人际关系中，

哪怕是同事关系中，

只要有委屈感，

这份委屈就会是这个关系中的定时炸弹。

○ ○ ○

○ ○ ○

作为父母，
从孩子出生的那一刻就要学会告别，
孩子才能真正地成长。

○ ○ ○

○ ○ ○

世界上最难忘记的事情就是
"忘记"这件事。

○ ○ ○

○ ○ ○

每个事情的发生都是真实的，
但我们对事情的解读决定我们的
未来。

○ ○ ○

○ ○ ○

友谊是我和你看向这个世界，
爱情是我和你就是整个世界。

○ ○ ○

○ ○ ○

定，

就是我知道不能做的，

我就不做。

○ ○ ○

○ ○ ○

语言是我们生命的指令。

○ ○ ○

○ ○ ○

当人在痛苦当中
就失去了对外界的感知。

○ ○ ○

○ ○ ○

一个人

如果处于不良的情绪就容易被控制。

○ ○ ○

○　○　○

瓦解自己根深蒂固的执念

可以帮我们拥有全新的未来，

但瓦解的过程是身心解离的过程，

需要对自己保持爱与耐心。

○　○　○

○ ○ ○

一个人的价值取决于自己如何看待自己。

○ ○ ○

○ ○ ○

每个人都有自己作选择的能力，
每个人都有为自己的选择负责的能力。

○ ○ ○

○ ○ ○

我们外在的关系状态，
取决于我们的内在状态。

○ ○ ○

○ ○ ○

妈妈像大地一样滋养我们，
生发我们。

○ ○ ○

○ ○ ○

青春期的孩子，

正是确定自身生命立足于这个世界的时候，

孩子对父母的疏远是孩子想要去确定的体现，

如何陪伴孩子走过这段路是一门学问。

○ ○ ○

○ ○ ○

我们想要得到力量，

它不是从别人而来，

而是从自己而来。

○ ○ ○

○ ○ ○

如果没有生命力，
就没有办法伸展，
就没有办法拿回自己的力量。

○ ○ ○

○ ○ ○

当父母谨小慎微地看着孩子的
脸色，
这样的孩子是无法在这种
状态下得到力量的。

○ ○ ○

○ ○ ○

欣赏孩子是孩子力量的源泉，
要告诉孩子哪里做得好。

○ ○ ○

○ ○ ○

爱是在细细品尝中
得到体验的。

○ ○ ○

。 。 。

所有的学习都要落实到行动中。

。 。 。

○ ○ ○

能够向大家坦诚地说出自己的错误，
有这样的勇气，
福虽未至，
祸已远离。

○ ○ ○

○ ○ ○

对成年人来说，
孝顺是让我们的父母感觉到，
他们自己对子女是有用的。

○ ○ ○

○ ○ ○

在孩子七岁之前教孩子懂礼貌
就是在给孩子一个出行的
绿色通道。

○ ○ ○

○ ○ ○

表扬自己不是自大而是嘉许，

嘉许自己的用心，

嘉许自己的体贴，

给自己一个肯定。

○ ○ ○

○ ○ ○

照顾，
首先有照才有顾，
所以先要有看到的能力。

○ ○ ○

○ ○ ○

当情绪升起时，

去了解情绪背后的期待、需求、渴望。

○ ○ ○

—— 安心小语 ——
（第二辑）

○　○　○

爱无法从索讨中来，
爱只能从感受中来。

○　○　○

○ ○ ○

我们的语言表达模式决定了我们的
人际交往模式，
想要改变人际关系就从觉察自己的
表达模式开始。

○ ○ ○

○ ○ ○

尊重就是真心实意地
放下理所当然。

○ ○ ○

○ ○ ○

当我们能付出时，
代表那个当下我们是富有的；
当我们想要回馈和要求时，
我们就是匮乏的。

○ ○ ○

○ ○ ○

只要有一丝一毫想多于别人都是贪。

○ ○ ○

○ ○ ○

爱是本能，

懂得爱是本事，

有本能没本事是不行的，

有本能有本事才有可能收获幸福。

○ ○ ○

○ ○ ○

教会孩子有礼貌，
就在帮助孩子积累财富，
有礼貌就是孩子财富的源泉之一。

○ ○ ○

○ ○ ○

感谢是一切良好关系的基础。

○ ○ ○

○ ○ ○

自己看轻自己就没人会看得起自己。

○ ○ ○

○　○　○

困久了都变成困难，
突破自我设限就突破困难。

○　○　○

○ ○ ○

传承，
首先要学会传，
才有下一代的承。
传承是本能，
好好传承是本事，
本事是技术活，
是要好好学习的。

○ ○ ○

○ ○ ○

分清想要的还是需要的，

二者重叠的就是你能要的。

○ ○ ○

○ ○ ○

如果我们没有照顾好自己，

就是对父母最大的不孝。

○ ○ ○

○ ○ ○

我们要有面对犯错的勇气，
还需要有跨越错误的能力。

○ ○ ○

○ ○ ○

认错是这个世界最快速的
自我成长力量。

○ ○ ○

○ ○ ○

我对我所拥有的感到满足，

就是富足。

○ ○ ○

○ ○ ○

想要得到老天的眷顾，
努力的方向就要对。

○ ○ ○

○ ○ ○

虽然我们给出去的不一定是
孩子最满意的，
但已经是我们为人父母可以
给出的最好的。

○ ○ ○

○ ○ ○

不管长辈为这个家付出了什么，
都是对我们最大的恩典，
我们唯一要做的就是放下要求。

○ ○ ○

○ ○ ○

让孩子做回自己和放任孩子是两件事情，

我们如果放任，

就是我们在放弃父母的责任。

○ ○ ○

○ ○ ○

一个人能否接受我们的劝谏，

和对方无关，

而是和我们自己的态度有关。

○ ○ ○

○ ○ ○

家庭关系里，
聆听是爱的催化剂；
团队关系里，
聆听是绩效的提升剂。

○ ○ ○

○ ○ ○

想永远都是"问题",
只有做才有"答案"。

○ ○ ○

安心小语
（第二辑）

○ ○ ○

人际关系中，
能够帮助我们创造良好关系的
秘诀是说出口的"谢谢"。

○ ○ ○

○ ○ ○

家庭教育是创造自我负责的
最佳环境教育。

○ ○ ○

○ ○ ○

在家庭关系中主动认错、主动改变

就是自我负责，

同时也创造了家庭成员自我负责的环境。

○ ○ ○

○ ○ ○

幸福不是从说教而来，

幸福是从

主动表达感谢、主动表达关怀中来的。

○ ○ ○

○ ○ ○

允许拒绝与被拒绝，

就是我们拿回自我负责力量的开始。

○ ○ ○

○ ○ ○

想要给孩子信心，
父母先学会给孩子犯错的机会，
并且放下自己输赢得失的心。

○ ○ ○

○ ○ ○

任何一个家庭成员都有归属感的
需要。

○ ○ ○

○ ○ ○

家庭序位就像身上的细胞，

位置摆错，

就容易变成肿瘤。

○ ○ ○

○ ○ ○

家是社会的细胞，
细胞健康了，
社会才会健康。

○ ○ ○

○ ○ ○

在一个家庭里，
要创造良好的家庭关系，
最重要的是好好说话，
好好说话的重中之重是我们的态度。

○ ○ ○

○ ○ ○

家讲的是爱，
只有爱、欣赏、喜欢与陪伴
才能让家庭的氛围温暖起来。

○ ○ ○

○ ○ ○

家庭关系里，

我们的观点纵使千真万确，

但只要对当下的关系没有任何好处，

那就放下自己的观点，

因为家是讲爱的地方。

○ ○ ○

o o o

在一个家庭里，

最具杀伤力的武器就是不好好说话。

o o o

○ ○ ○

爱与欣赏永远都胜过对和错。

○ ○ ○

○ ○ ○

人生没有快进，

我们需要学会耐烦。

○ ○ ○

○ ○ ○

财富最重要的是用有，
而不只是拥有。

○ ○ ○

○ ○ ○

对孩子的放纵和溺爱都是在讨好。

○ ○ ○

○ ○ ○

千算万算不如心地一善。

○ ○ ○

○ ○ ○

真正的改变，

永远不会发生在要求里。

○ ○ ○

○ ○ ○

家庭关系里，

夫妻之间幸福的关系比正确的观点更重要。

○ ○ ○

○ ○ ○

爱的匮乏，
创造力的枯竭，
适应力的缺乏，
感恩力的欠缺，
才是真正的贫穷。

○ ○ ○

○ ○ ○

抱怨意味着

自己交出为自己创造美好的力量，

同时消耗自己的能量。

○ ○ ○

安心小语
（第二辑）

○ ○ ○

不怕走很难的路，

就怕自己把路走得很难。

○ ○ ○

○ ○ ○

成长意味着学会把自责
转化为负责。

○ ○ ○

○ ○ ○

慈善的本意和信仰的本意，
永远不是占有，
而是利他。

○ ○ ○

○ ○ ○

从迷到觉，只在一念之间。

○ ○ ○

○ ○ ○

打开心灵聆听，
是修复关系、创造信任的
最佳方法之一。

○ ○ ○

○ ○ ○

当你允许对方犯错，

他就会改错；

当你看到对方的好，

他就会越来越好。

○ ○ ○

○ ○ ○

当我们不断赞叹的时候，

会让我们能量增强，

远离是非，

坚定信心。

○ ○ ○

○ ○ ○

当我们愿意并确信自己可以
为自己的发展负责时，
成长与成就将会快速地发生。

○ ○ ○

○ ○ ○

当我们在小我的三角区里，

我们就会充斥着受害者、加害者、拯救者的心态。

○ ○ ○

○ ○ ○

对父母傲慢就是对人生傲慢，
人生因此充满坎坷。

○ ○ ○

○ ○ ○

对过往的解读不同，

创造的未来也不同。

○ ○ ○

○ ○ ○

富有不是我拥有多少而是我能给出多少，
能付出才是富有。

○ ○ ○

○ ○ ○

改变不会痛苦，
只有对改变的抵抗才会带来痛苦。

○ ○ ○

○ ○ ○

给家人、同事、身边的人由衷的赞美与肯定，
就是慈悲。

○ ○ ○

○ ○ ○

功德是行为的积累,

行为是功德的显化。

○ ○ ○

○ ○ ○

共同学习不是一个人的成就，
是所有人相互成就。

○ ○ ○

○ ○ ○

共学者，
是我们学习成长路上的助缘。

○ ○ ○

○ ○ ○

简单的事情重复做就是神奇。

○ ○ ○

○ ○ ○

教导者无论是老师、父母还是师父，
只有承认自己还需要不断地学习与成长
并付诸行动，
才有可能给出真正的教导。

○ ○ ○

○ ○ ○

接受不确定性是种能力，
只有接受不确定性才能在适应的过程中
创造自己的确定。

○ ○ ○

○ ○ ○

哪怕后知后觉，
面对爆发后的情绪我们依然可以选择
是继续还是重新解构。

○ ○ ○

○ ○ ○

人与人之间的冲突，

常因态度和语音、语调而导致，

学会表达、学会照顾他人的接受度很重要。

○ ○ ○

○ ○ ○

人生路上，
我们要成为家人、朋友的陪伴者，
而不是评判者。

○ ○ ○

○ ○ ○

生活中，

我们常常把当下的境遇当成了全部。

○ ○ ○

○ ○ ○

生命是条河流，
只有源源不断地流淌才有生命力，
繁衍后代是一种流淌，
传播思想也是一种流淌。

○ ○ ○

○ ○ ○

思想的纬度决定了人生的纬度。

○ ○ ○

○ ○ ○

人间，就是人与人之间。

○ ○ ○

○ ○ ○

学习成长可以"迭代"我们身体的硬件，
身体是可以被修复的。

○ ○ ○

○ ○ ○

唯有接受父母本来的样子
才有可能走近父母，
走近父母、理解父母才有可能
真正降伏内在的傲慢。

○ ○ ○

○ ○ ○

我们放不下常是因为担心别人做不好。

○ ○ ○

o o o

握紧的拳头是无法接受任何东西的，
唯有张开的双手才有可能获得。

o o o

○ ○ ○

相信什么就成为什么，
因此认识和管理自己的内在信念系统
很重要。

○ ○ ○

◦ ◦ ◦

想要由衷地给出赞美和肯定需要智慧，
有向内观照的智慧，
才能看到生活的美。

◦ ◦ ◦

○ ○ ○

学习与成长就是在扩大自己的舒适圈。

○ ○ ○

○ ○ ○

要恩爱一生，
就要学会看到恩典，
没有看到恩就无法看到真正的爱。

○ ○ ○

○ ○ ○

要想给孩子好的传承首先要
让孩子看到、感受到父母彼此的恩爱，
看到父母之间的爱高于一切。

○ ○ ○

○ ○ ○

一件事的失败或成功仅仅是学习的回馈，
如果你能从这个回馈拿到经验助力人生，
才是成功地获得成长。

○ ○ ○

○ ○ ○

与其和对手竞争，

不如跟他不一样。

○ ○ ○

○ ○ ○

与其看自己没有的，
不如看自己拥有什么，
从自己现有的去发展和创造。

○ ○ ○

○ ○ ○

在关系里索讨爱，

是因为自己匮乏，

每一个索讨都在把自己推向卑微的深渊。

○ ○ ○

○ ○ ○

在没有功成名就之前，
所有的苦难都是隐私，
只有功成名就之时，
我们才有能力回首往事。

○ ○ ○

○ ○ ○

在失败中寻找成功之处，

就能随时让自己拥有希望与成就。

○ ○ ○

○ ○ ○

真正的成长是建立在自我觉察的基础上的。

○ ○ ○

○ ○ ○

只有觉察的速度快于情绪的速度，
才能让自己不会成为情绪的奴隶。

○ ○ ○

○ ○ ○

知道日子怎么过是智，
把日子过出来是慧。

○ ○ ○

○ ○ ○

知道自己在讲话，

知道自己在讲什么，

也知道自己的表情，

我们就和自己在一起。

○ ○ ○

○ ○ ○

最可怕的不是走远路，
而是不知道走哪条路。

○ ○ ○

○ ○ ○

做父母的伟大之处就在于带着祝福
看着孩子们的背影渐行渐远。

○ ○ ○

○ ○ ○

做自己不是我行我素，

而是对自己的行为负责。

○ ○ ○

○ ○ ○

当我们迷失了自己，
人生就变得没有意义了。

○ ○ ○

○ ○ ○

对生活保持热情与创造
是爱自己的一个好方法。

○ ○ ○

图书在版编目（CIP）数据

安心小语．第二辑／广普著 .－－北京：
中国社会出版社，2024.5
ISBN 978－7－5087－7041－3

Ⅰ.①安... Ⅱ.①广... Ⅲ.①随笔－作品集－
中国－当代 Ⅳ.①I267.1

中国国家版本馆 CIP 数据核字（2024）第 074292 号

安心小语．第二辑
ANXINXIAOYU DIERJI

责任编辑： 朱赛亮
装帧设计： 时 捷
出版发行 中国社会出版社有限公司
　　　　　　（北京市西城区二龙路甲 33 号　邮编 100032）
印刷装订 中国电影出版社印刷厂
版　　次： 2024 年 5 月第 1 版
印　　次： 2024 年 5 月第 1 次印刷
开　　本： 110mm×180mm　1/32
字　　数： 150 千字
印　　张： 9.25
定　　价： 65.00 元